董权 ◎ 著

深圳出版社

图书在版编目（CIP）数据

际遇 / 董权著 . -- 深圳 : 深圳出版社 , 2025. 6.

ISBN 978-7-5507-4275-8

Ⅰ . I227

中国国家版本馆 CIP 数据核字第 20251290VY 号

际遇

JI YU

责任编辑	雷　阳　许锹仑
责任校对	叶　果
责任技编	郑　欢
封面题字	海　上
装帧设计	字在轩

出版发行	深圳出版社
地　　址	深圳市彩田南路海天综合大厦 （518033）
网　　址	www.htph.com.cn
订购电话	0755-83460239（邮购、团购）
设计制作	深圳市字在轩文化科技有限公司
印　　刷	深圳市新联美术印刷有限公司
开　　本	889mm×1194mm　1/32
印　　张	6.25
字　　数	130 千字
版　　次	2025 年 6 月第 1 版
印　　次	2025 年 6 月第 1 次
定　　价	35.00 元

人生就是一座沐浴风雨的浮雕

——读董权《际遇》之漫谈

  为董权先生的诗集写序，心情是愉悦的，这又让我回忆起无数个与他交往的温暖瞬间，便毅然决然地抛弃掉那些文绉绉的套话。文不对题地评说，是一种不负责任的表现，对时间而言，也是对性情而言。

  首先映入眼帘的就是《际遇》。

> 身体内安装了假肢是痛苦的
> 在春天它抽出的新枝
> 使你一瘸一拐
>
> 血管里流淌着红墨水是痛苦的
> 生活中白纸黑字的谬误太多
> 你时常有纠错的欲望
>
> 心灵中有一架钢琴是痛苦的
> 你疯狂地弹奏
> 你的手指总会弹丢

见字如晤，这就是性格有些内向的、行事稳健的董权先生。读到最后一节时，我沉闷已久的灵性被触动了，它并非可以用散文化语言分析，而你却能读出魂不附体的情境。或许"钢琴"正是诗人内心的诗思，他会情不自禁地去弹弄，下意识地使自己处于出神状态……诗性的闪念犹如旋音总是回响。

董权先生说他写得不多。但是评介一个诗人，不应该以数量来衡量。

诗人首先具有一份情趣，这份情趣源于诗性地生活，我们常说的"乐观"和"浪漫"等不被现象掩盖的人生态度，都有诗性成分在其中。不然，现实中的诸多烦恼、疲乏，以及其他心理不适都会侵犯生命中的每个时刻。

说起朋友间的缘分，也是越细想越具天意，我和董权先生相识就是以"诗"为纽带的。二十多年前，贵州省文学杂志《山花》刊发了董权先生和我同期发表的诗作。那时我漂泊于广州、珠海、深圳等地，与董权先生并不相识。他通过深圳的其他诗友打探，约我在梅林一村见面……

记得董权先生下班后赶回梅林，在他预订的餐厅激动地与我握手见面……这段回忆一直留存在我脑子里，是那么清晰。诗友相见是常有的社会活动，而我一般都是借着社交活动才与陌生朋友交集，唯独董权先生特意相约，完全是因为"诗"。

平心而论，在深圳这座奇迹般崛起的开放城市，我只是一个漂泊者，认识了许多工作忙、事务多的朋友，他们不主动约我，我是不太敢随便打扰的。我总有一种根深蒂固的印象——董权先生比较忙，平常几乎没什么时间如我这般自由空闲。所以，很惭愧，我很缺少了解他的机会。

2008年10月，我和北京朋友在深圳美术馆举办画展。董权先生和我见面第一时间就邀请我去他家居住，并且说住多久都行。当时我暗暗吃惊。深圳的其他朋友更是惊诧不已，都问我和董权什么关系。我却说，就是和大家一样的关系呀！

确实，董权先生是比较严谨的人，心思缜密而行动简捷，不会与社会上乱糟糟的人打交道。

我和深圳朋友都惊讶于董权先生对我的信任。

此后的许多年，我在外行走，朋友间的关心，我是做得不够的。各种原因吧，也许。

但是当董权先生重新找到我，在微信上把他的诗转来时，我有些触动。啊，董权，你是这样的呀，怎么如此毫无杂念地信任我？

诗友之间，关于诗，千头万绪不知从何说起。朋友之间，关于生活，千言万语不知如何表达。我没有董权先生单纯，这么说并非形容他幼稚。这种"单纯"是他对事象的认知肯定，一旦确认就不再东张西望。从而，抵达纯粹，形成品与格，建立个性。

纵观这本诗集里的作品，诗人的叙述是干净而锃亮的。不像我的文字，思绪繁复而庞杂，枝蔓丛生。我想这多多少少与诗人的生活工作所赋予的气息是有关联和互浸的。

董权先生由于日常工作繁忙，工作之余的诗性切换也只能是片段式的。所以，他更多的诗及思来不及转化成语词和诗言，都留在了脑际……

不是每一种留存都会酿成"语言"的，许多残存的还未成熟的思考稍纵即逝地被工作状态裹挟而去。由此可见，一首诗或一句诗性语言的诞生是何等的天选！

我们写诗，是写出我们的"发现"，我们的生命百年，冗长而枯燥。而人类之所以倡导"诗意的栖居"，就是一种智慧的协调。

诗性的元素散落在人间各处，它需要人类去发现并集中提炼……生命得到莫大的慰藉……从各种渠道去发现，从各种事物中去发现，从七情六欲的生发之地去体悟"发现"的乐趣。

云游天空
浸蘸夕阳如血泼洒
握住云的
是谁之手？

纯净的天空下
我们卑微而知足地活着
像蒿草
影子照不到
比屋檐更高大的地方

低下头，默默割

感受手的抚摸

一阵激动过后

我们已遍体鳞伤

这首诗的名字叫《落霞》。我很赞成这一类的"发现"，诗写的是落霞，或者说是在落霞的时刻，但它由几个意象分别构成三个小节：第一节是"握云的手"；第二节是"蒿草"，卑微而知足地活着；第三节"我们已遍体鳞伤"。读完让人回味反思。

作为写诗者，你的发现会以语言形式呈现在脑际，它往往会在短时间内淡化，你应该迅速形成文本，巩固强化它的核心。所以写诗即提炼，更是诗人的写作练习。

这个世界不缺各类艺术，也不缺诗人。但是人类仍然缺乏具有个性的艺术和诗歌。今天我们关起门来讨论诗学，或许很多人都有一大堆理论幻化成理由，当你打开窗户，看到能流行的究竟是什么？

各抒己见几十年，论述的问题不在一个维度上。于是，我们都把这些"混乱"交给了历史，保持着一种无语而沉默的状态……

我们仍然可以回过头来审视这段历史，现代诗所带来的自由而民主的新风。它们冲破了抒情传统的口号格式，开始了叙述性的更宽泛的创造。

除遇

中国诗歌也受社会风气影响，这些年走向低俗。诗歌精神一直遭受功利主义者的嘲讽。面对这种复杂而又混乱的局面，我们除了沉默，依然要保持清醒的头脑，树立起不屈不挠的价值观。

人生是自己走来的，诗人如果一生写诗仅仅为了功名利禄，那就令人不齿了。

我已入古稀之年，在世或许与功名无缘，但是我无愧于心，至少我被董权先生这样的朋友信任，这就是褒奖。

一
网开三面
留一面给你
为你不成漏网之鱼
我终日等待
岩石坐成一摊苦水

二
一只鸟飞走了
接着又是一只
于是树的头发长了出来
双手伸出去
空空如也
就如我的胡子

三

过去的日子

折叠起来

是一把伞

在一个晴朗的夏天

我忘记带它

便出了远门

在《生命的痕迹》中，写诗者控制自己不抒情，给了自己更大的叙述空间，也产生了令人质疑的猜测。叙述让人处于一种无表情提示的状态。第三节妙在诗人把过去的日子比作伞，在晴朗的夏天是不需要带伞（日子）的，便出了远门（人生）。把过去的日子忘了，走向人生；既没有幸福的经验，也没有痛苦的经验……远门，不可知的人生，会留下怎样的"生命的痕迹"？

我从不反对"口语化"的诗，把口语写好、出诗，凭的是诗人的心智。忘记带"日子"出远门的人有稀有的个性，这"日子"不仅代表曾经的拥有，也代表一无所有。往前走的生命里每一天都是新的"日子"，董权，你已经融在诗里，因为它才是你的"远门"！

过去我了解诗人是不够的，我只知道董权先生不屑于凑热闹，应该好独处。我只知道董权先生有自己的眼力，他善于阅读，读他喜欢读的诗，他有精神洁癖，他较慎言。

所以，这次读他的诗耗费了我很多时间，不少诗作读了又读，例如前面这首，第一轮粗阅时，我并没有读出它的隐匿处，读了两轮才大开脑洞。啊，他还藏了这么诗性的哲思呀！

不动声色是我对董权先生最早的印象，虽说他的诗作量不多，但他骨子里是有诗的慧根的。此文对董权先生的诗作持不贬不褒的态度，但是会以由衷的欣赏和诚恳的批评与诗人交流。譬如，许多时候诗人疏于自己从思到诗的交代或落实，缺乏一种发现时的创作激情，往往为了寻求叙述语言，失去了脑子里刚刚孵生的文字词语，或者诗人对自己酝酿后的语式表达不够满意……遂放弃了对它的追逐，终于让这一轮发现或灵感在脑际消散。没有文本的落实，没有从思到诗的完成，作为写诗者，诗人就缺乏一场训练，使自己内心的诗意仍然欠负于语言的完善及呈现。久而久之，从思到诗的过程中，横生出条件障碍。

我们都曾有过生发诗情而未表达的状态，而创作的冲动和对语言表述方式的渴望，终究会不管不顾地趁热写出来，哪怕事后再去修正改善，不然许多思绪将时过境迁。写诗者的训练除了发现和思考，还有一项长期的自我意识，任何时候都在审视眼中出现的语言文字，尤其是十分熟知而误读的文字。实际生活中，我们对文字的认识是粗略的，大部分人只"认"字而不"识"字。作为诗人，当他在脑海中生发出诗情时，须迅速地调遣庞大的语词体系，以个性化的表达完成某首诗。

诗人不可能让每一首诗都成杰作，但每一首诗都会在其心路历程中连接，从而形成诗人的足迹。所以，诗人将作品阶段性地结集成书也是对人生的一种概括。

世界万物，人世披荆，都有它们的历史构成。于是时间成了唯一的见证者。我们一同读一读董权先生的《读史》。

翻读历史
走进时间的隧道
我的额头
时常保持清醒
穿透岁月的雾霭
为有名和无名的荒冢
充当公正的墓碑

最初是三月
一段泥泞坎坷的路程
我倒穿着鞋子
以异常痛苦的脚趾
走进清明
那些早已逝去的人和事
在我渗血的鞋印里
纷纷显影

愈加艰难的是

我那双健壮的手
一直拒绝爬行
它一路拾捡着
明亮的眼睛和
睿智的大脑
移植给那些还活着的
瞎子和白痴

任何一部史书，读它的人千万人以次方倍计；读史是需要责任心的，从诗人的文字中我们懂得读史的意义所在。这首诗分三个小节，第一节是诗人的公正态度，"为有名和无名的荒冢 / 充当公正的墓碑"，这也是尊重历史的态度。第二节叙述诗人阅读历史的过程："我倒穿着鞋子 / 以异常痛苦的脚趾 / 走进清明 / 那些早已逝去的人和事 / 在我渗血的鞋印里 / 纷纷显影"，诗人以谦卑的姿态"倒穿鞋子"——以此暗喻历史是不可"逆施倒行"的，所以必须让"历史"保持前行的足迹。接着就是借传统的"清明"，表达诗人读史的沥血之情……倾注感情和缅怀的阅读是作为有人格修为的自我褒奖。

我读了多遍《际遇》中的诗，因我想多多了解诗人，找到最能深入沟通的渠道。掩卷，深觉不少诗作还是值得品读的，至少我品出了诗人写作的那颗至诚至精的心！

诗集名为《际遇》，乍一听以为是"机遇"，前者是第四声，后者是第一声。这两个词语从语感到语义都是有天壤之别的，前者大于后者的人生格局。际遇有其不可预测性和偶遇性；人生际遇是复杂多变的，是不确定的，往往是挑战自己的经历……所以，际遇让人生更为丰富多舛，使一个人练就应变能力。而机遇则包含了有利于自我的择机或时机。

我仍然希望董权先生须勤于写诗，不能停留在思考中。从思到诗的转化是需要意念督促的，意念的实施正是意志的淬炼；坚毅亦得以确立。诗人必须承受这种煎熬，必须和孤独同步！

在此，也要感谢董权诗人，整个三伏天让我沉浸在诗稿中。这个炎热的酷夏，读着诗而恢复了部分记忆，唤醒了我滞钝的思维，尤其是让我复苏了写诗者的活力。

啰唆的漫谈该休止了，共勉为序。

海上 2024 年 9 月 11 日
于湖南金水湾工作室

目录

第一辑　心界·征兆

第二辑 情界·回音

第三辑　尘界·浮雕

第四辑　物界·落霞

第一辑

心界·征兆

际遇

身体内安装了假肢是痛苦的
在春天它抽出的新枝
使你一瘸一拐

血管里流淌着红墨水是痛苦的
生活中白纸黑字的谬误太多
你时常有纠错的欲望

心灵中有一架钢琴是痛苦的
你疯狂地弹奏
你的手指总会弹丢

生日

据说每个人的生命中
都会有两扇窗口
一扇打开
另一扇必然关闭

这是什么情况
难道一只生命的灯盏
不能在不同时间同时打开?

当我翻越
狭窄的生命隘口
总会有一个人离开
渐行渐远

那是一个我
完全不认识的人

天空

天空是蓝色的
谁也不能阻止它
渐渐变暗变黑
变成一个黑洞
将大地上所有人兽鱼虫、草木沙石
吸入天幕
变成一颗颗星星

死是有限的
生是无限的
存在于时时刻刻分分秒秒的
永恒之中

倒置的影像

大地和天空倒置
雨没受到影响
它还在下
梅雨季的雨丝从不间断
一如时间

昨晚我听见楼下
椅子挪动的声音
给世界重排座位

一次假日旅游
被导游责罚
我在景区里站着不动
让风景游览我

如果日子也能倒置
我愿意重活一次
只是很难聚拢

过去那些人和事
他们有些已经死亡
活着的也已星散

幻听

我经常感觉声音缠绕
而引起的幻听

比如某个人死了
我听见他仍在说话

而另一个人活着
却用死人的嘴巴发声

如同穿越一条无人小巷
叩墙声此起彼伏
每只耳朵认领属于自己的

作为托举光亮的人
我不知道黑暗中
还有多少双眼睛注视着我
他们始终沉默

夏日

天气越来越热了
烈日将我烘烤成
一张肉饼

灵魂有了想法
对我产生了异心
先是出窍
后是逃离，她说：

"我爱他的肉身
并以它为食
如今他的身体内
很多细胞都枯死了

"癌细胞也枯死了
在我的食谱中
这个必不可少

除遇

"我需要吃它
如同吞下一个错误
用来矫正他
貌似正确的行程。"

图书馆

因迷恋一本书中的
一个章节
我迷恋这里的
寂静和清凉

故事里所有人物的
悲欢离合
都是写别人的

一阵风吹过
就吹成我们自己了

历史总是这样
不断重复
没有任何人能够
吸取经验教训

只有几滴眼泪是新的
滴落在泛黄破旧的
书页上

宴会

音乐响起来了
心情愉悦
却有些窘迫
笑不出来
我的脸由岩石构成

祖父砍甘蔗
父亲种水稻
我继承了
他们的肤色
我的脸黝黑透亮

走遍每一个房间
没有门
却有许多隔墙
我的身体
穿透过它们
和每一个朋友
都碰了杯

踏青

春天来了
春山绿了
花团锦簇
春意盎然

我感觉春山
渐渐离我近了
直至她一把
将我揽入怀中

我的头发比春草
生长得更慢
我更有时间
和春山白头偕老

名人

当今世界
做名人有诸多好处
我也想做名人

通往名人的入口
是如此狭窄
头进去了
身子却卡住不能进去

因为我的头
我成了名人
却失去了支撑
我切割掉了
我的身子

我的头就这样
像一只没有被绳子
牵着的氢气球

在空中飘来飘去

请宽恕我的头吧
我生命中所有的劫难
都在这颗头里

真理

真理是火焰，通常以灰烬的形式
呈现。仿佛声与影
摄录于眼睛的胶片。显影于我们对它
长久而热切的凝视
显影的过程，就是燃烧

苏格拉底眼睛瞎了
因为他看见了它

一张旧相片

不知是从哪儿
捡来的旧相片
人脸都已经模糊不清了

你低着头
两只手摆弄着
蓝青色上衣的衣角
一副娇羞可人的样子

美是爱的黏合剂
达到完美黏合标准的是
恬静和美德
是春雨的润物无声

而我的眼睛是闭着的
似在拒绝某些人和事物
或许这就是它被
弃置的原因

徐遍

或许还有更深的谜团
隐藏在黑暗的底片里
有些已经消解
有些仍在破译中

攀岩者

是什么样的情感和坚韧
把自己像一块抹布
钉在一块巨大的岩壁上

难道要擦拭干净岩壁
远古沧桑的记忆？

或更像是一面旗帜
在暴风雨中摇曳

更像是被钉在十字架上的敲钟人
接受神灵的训诫

踟蹰不前是必然的
你的双脚不断打滑
即便双手如同鹰爪
深深嵌入岩壁的肋骨里

坠入深渊的不是死亡本身
而是对死亡的恐惧

硬币的荣耀

一枚硬币有两副面孔
它一旦被抛向空中
媚上或媚下
都不适宜

它拥有的荣耀
被众人拎起来
抖落了屋檐下
正在融化的
冰凌的水声

没有谁能拒绝
浸泡在冬日阳光里
感受身体渐渐解冻时
彻骨的疼痛

而融化过程当止未止
你怎样才能保持
当初雪人一样的好名声

漂泊

你摇了摇手里的茶杯
天色很快就暗了下来
还有一些光亮
需要凿通黑夜长长的隧道
还有一些飓风
需要在平静的海面
刨出成堆白雪的刨花
及时打造好远行的航船
还有一些雨珠
在街道上无目的漫游
就像生于北国的一颗颗红豆
向遥远的南国随意抛撒
未来的命运不可预知
或许在哪位行人收拢的伞里
找到一扇平日里不敢踏进的房门

呼救的气泡

我把一滴水送回海洋
这过程必定小心翼翼
如果不经意涂黑了一只白熊
她必定向我咆哮
声音盖过了一朵乌云

如果我们握有一只鸟，又怎会顾及
天上飞的另外一只？如果汽车
吞吐里程，就像鱼吞吐水
我们怎会不吐出
缺氧窒息时呼救的气泡？

叙述

在激流中
你像一条鱼一样
分辨出你的生死是艰难的
成为熨斗的风
熨平旗帜是艰难的
熨平你脸上的皱纹是艰难的

不断扩散着的瞳孔，紧紧盯住自己
梦想的焦距是艰难的
生命的酒窝保持住
最初的纯净是艰难的
它们已落进了太多
岁月的灰尘

征兆

发令枪响后
道路上散落着
抢跑者的鞋

原野上的列车
漫无目的奔驰
是谁抽离了它的轨

风暴的中心是平静的
蜻蜓坠落于
乌鸦不怀好意的鼓噪

可我还在等待
再僻静的路
也会有行走的踪迹

也会有天使降临
她注视着我的眼睛
在我的耳畔轻声细语

慢

在多梦季节
请把梦记住
往后或许不再有

时间是如此慢
在我的身体内
有一座过时的钟

对物候的反应
我比世界慢半拍
像一只尺蠖
每完成一步
先丈量一下土地
然后将自己的背脊弓起来

前方不知是否有人
会耐心等我

前方晚霞如瀑布一般
自天空倾泻而下

过去的事件

黑夜是另一个白天
整个世界都披上了一层黑纱
小时候，每当重要事件发生
都会有父母，或不认识的叔叔阿姨
暗自流泪，现在我也不明白
他们到底为谁悲戚
汽车是一只青蛙
每次跳跃，都要回来
拾捡一段遗失的路
几十年了，我仍看见一些路段
坑坑洼洼，留下了当年
汽车跳跃过的痕迹

狩猎者

面对一夜之间

忽生的褶皱

我知道走得离你们

已经很远很远了

金钱豹的花斑

银环蛇柔软的藤蔓

正为我编织一条

死亡的绶带

而当我终于明白

永远也不能赶回那刻

你们这些

曾经爱过我的人

都请过来再拥抱我一次

都请过来再亲吻我一次

为我浑身挂满的伤痕和猎物

痛哭一场 或欣喜若狂

戏剧

手拍久了
双手变成了一只手
垂在胸前
不能再拍就只能祈祷
歌唱久了
喉结长成一颗果核
卡在喉咙里
不能再唱就只好呻吟

心界

以心为界绘一幅
画图
圣洁的心的疆界不能被踩
踩它的时候
它是一道闪电
古往今来
经历过多少场这样的火灾

人啊
不要再一次烧毁自己的家园

生命的痕迹

一

网开三面

留一面给你

为你不成漏网之鱼

我终日等待

岩石坐成一摊苦水

二

一只鸟飞走了

接着又是一只

于是树的头发长了出来

双手伸出去

空空如也

就如我的胡子

三

过去的日子

折叠起来

是一把伞

在一个晴朗的夏天
我忘记带它
便出了远门

读史

翻读历史
走进时间的隧道
我的额头
时常保持清醒
穿透岁月的雾霭
为有名和无名的荒冢
充当公正的墓碑

最初是三月
一段泥泞坎坷的路程
我倒穿着鞋子
以异常痛苦的脚趾
走进清明
那些早已逝去的人和事
在我渗血的鞋印里
纷纷显影

愈加艰难的是

我那双健壮的手
一直拒绝爬行
它一路拾捡着
明亮的眼睛和
睿智的大脑
移植给那些还活着的
瞎子和白痴

轮回

乌鸦和白鸽
孪生于黑夜和白昼
他们交替出现
并没有带来意料中的
和平　乌龟拙于表达
它拧紧发条　在自己的思维里
打圈圈　抑或出于安全考虑
将头退缩进自己的城堡
钥匙还在寻找它们的
锁孔　我再一次
从旋转门出走　一天或一年
又回到这里　像树的轮回
我身上的残枝
早已被冰雪修剪

热爱春天

群帆消失之后
河流又重新把两岸
装订起来

两岸的书页
或由青翠转向枯黄
或由枯黄转向青翠
全由不同季风吹着
感染每位读者一种
不可言喻的心情

作为书页中一段
不很优美的文字
很想望见
一位少女如蝶之手
指向的地方

春风啊

除遇

你只轻轻呼唤一声
就足以震落我
一生的灰尘

烛

烛的光再亮
也无法避免
自身的阴影

它亦不会因为
另一支烛的照耀
而消失

就像地球被
太阳的光线烘烤
它的味道是美妙的
因为有人类的苦难
充当它的酵母
就像黑夜充当
黎明的酵母

烛的光焰
总因为它自身
阴影的缩短
而不断延长

挪动

我无时无刻不坠落于
岁月的毂中

向左挪动
悬崖隆起
为我而陡峭
向右挪动
悬崖凹陷
诱我继续坠落

我将挪动一切
被我看重的东西，譬如

为了窥视窗外某个人
挪动了沙发和床的位置

人依旧
梦却改变了
方向

健忘症

我回到居住的小区
忘记了门牌号码
被邻居领到入门口
我忘记了带房门钥匙
我忘记了妻子的模样
被一个陌生女人
告到警局
在警局我忘记了
身份证号码
因报错数而被
牵连到一个
陌生人的案件中
我忘记了外语
也忘记了母语
只记得祖母生前告诉我
人死前要说：
"我要上天堂。"
我反复说这句话

除遏

当头挨了一棒
击打我的人说：
"要死就老老实实死
别总说梦话。"

第二辑

情界·回音

永恒罗网

云中的席位
是给鸟儿们设定的
她们居高临下
看人世间炎凉冷暖

鸟儿们总是看不穿
人心的透镜
为了有更广阔的视野
她们向更高的天空飞升

而我的天空
比所有的天空都高
只有一只鸟
能飞到那儿
并在那儿收拢了她
倦归的翅膀

蜡烛

我时常处于悔恨之中
夕阳落下去了
我甚至没有抓住它的
片鳞只爪

在我爱的额顶
发辫泛白而稀疏
心中积有太多灰烬
让我难以诉说
时光在我身体内
加速流逝

我心中曾有一根
燃烧着的蜡烛
比所有的光更亮
更温暖
它熄灭了
再没谁将它点燃

春天

我们所说的春天
总是倏然而至
如母亲怀胎十月
听见婴儿的第一声啼哭

当你如一泓春水
在我的心中
激起第一缕涟漪
我以为你只是
春天的信使
我的眼睛
还在向远方翘望
没承想你就是我
春天的全部

人的一生
都有四季
我只活在春季里
其余三季
只用来回忆

有关爱情的比喻

比接吻的时间长
比流言蜚语少

比两个人的世界更丰富
但小于第三者加入

比梦与戏剧真
比海誓山盟假

比诗与音乐简单
比柴米油盐复杂

比眼睛的光更亮
但不及星辰那样永恒

这要我们所求甚少
不可能什么都不落下

眼睛

云是一块板擦
擦遍天空的
每一个角落
包括雨和雷电都是
清洁天空的工具
而不是结局

从一个黑夜
经过一个白天
又坠入另一个黑夜
人的一生难道
不也是这样吗?
他绝不会在
第二个早晨醒来

我从来都是在
你的眼睛里
练习奔跑

相遇

那是我的另一个天空
那儿充满了倒影
充满了从你梦中走出来的
虚幻人物

我是现实存在
还是虚无的幻影
当你轻轻闭上眼睛
这一切就已明了

雕塑

混迹于一群模特儿中
她是唯一活着的，当我
捏捏她的腰身，很是柔软
我吃了一惊，看见她打着哈欠
从一堆塑胶里恢复了知觉

"我喜欢你这样的朋友，"她说：
"对真正美的事物过敏
只打喷嚏，不打折扣
就像清新的草叶插入
人们睡梦中的鼻孔
唤醒她们对春天的感觉。"

"我的手只适宜活在雕塑里
如果有足够的力量
它必定从一块石头里伸出来。"

新房

如果你愿意
我就为你建一间新房
新房很小只能装下
两根火柴

你尽可以微笑着走进来
面对漆黑的四壁
你尽可以
将自己点燃

随便说一句话
随便做一件事
都会因为爱而顿使
四壁生辉

火光很小像一朵花
不会燃痛春天的日子
却足以烘干这世界
带给我们的风风雨雨

吹奏笛子

一根管状物
此时被我凿下
七个孔眼
和我一个朋友的五官
非常相像
我用手指和嘴唇
对它温柔地
抚弄良久良久
它终于发出了
和她一模一样
悦耳动听的声音
而在此之前
大家都还认为
她已经死了
连我也不知道
是什么力量
竟使她得以复活

爱情

青春的脉搏
常把腕上表
震得颠三倒四
时而长针变短
时而短针变长

回忆

记得我们初次见面
那一天，好大的风沙
"哎哟"一声，我捂住眼睛
你过来急急探问：怎么啦？

我眼中有一颗沙粒
你轻轻地把它吹了出来
然后说：再不许任何东西
迷住我的双眼

却不知把自己的倩影跌落进去
任谁也无法再将它吹掉

台风

此时天空倾斜
像一只漏斗
暴雨如灌

街道形成的河流
漂浮着汽车
一颗颗滚动着的
梦想的石头

披头散发的树
东摇西晃
所有的树枝
都在努力抓牢
它们的每一片树叶

当我看见你在此刻
牢牢抓着我
我恍然明白
我们已是枝叶相连

婚礼

琴弦和手指结缘
音乐就流淌出来了
接着他们互换戒指
互宣盟誓

爱是一种权力
他们通过一个仪式
把它锁进了笼子里

灵魂和肉体黏合久了
难免开裂脱落
日子被一堆账单和
孩子们的啼哭声塞满
难免细碎冗长

然而此刻他们
并不这么想
他们正幸福地笑着
像两棵开满鲜花的合欢树

沉默的琴音

一把琴，已经封尘
过去的日子
一根根琴弦断了
再也发不出
最美的琴音
你相信吗
我就是一个哑女
虽然从我的口型
你还可以看出人世间
最规范的语言
你说我的耳朵很美很美
那可是两朵苦菜花啊
它们曾灌进了
世界上最苦的苦水
是的，苦海无边
回头　是岸吗
鹿回头，你就是那个
苦苦追赶我的猎手吗

书缘

过去的人们　湮没于
浩瀚的典籍中
他们恋爱的时候
我们就在旁边
他们哭着他们笑着
他们长久拥抱
旁若无人　似在嘲弄
我们的冷眼

他们那么痴情
渐渐把我们感染
我们久久伫立在河边
任他们的泪花
打湿我们的鞋

逃避了季节的冷暖
逃避了时尚的变迁
沉浸在芬芳的典籍中
恋爱　并且永恒
让局外人徒然生羡

秋天的情诗

一
在秋天
你涉水而过
一颗河石
就足以使你滑倒
如同一颗心
上面长满了青苔

二
在时光的腋下
我们只是
两根拐杖
我们走在一起
实在是因为
这世界
有只腿瘸了

三

蒙你深爱
我的脊梁骨
顿时长高了三寸
这使我刚好超越了
世俗的尘埃

四

你用温情点燃我
如同点燃一根
潮湿的柴
用制造痛苦的方式
阻止了我的生命
继续腐烂

羊

一只羊
很深沉的样子
顺着季节走去
一丝暖意
生长在它的背脊
比雪更白

最后的冬日
天气很寒冷
我们背靠着背
以此来取暖

如果我们
把自己整整一生
都用来制成
一张羊皮
贴在对方的背上
让一种温馨

渐渐暖透全身

这样我们就再不会
无休止地嘲讽
彼此的面容

家

想家的时候
我们常把妻子
想象成一个红薯
待我们归来时
她们已把自己
烘烤得芳香四溢

然而更多的时候
我们闻到的是
一股烧焦的煳味
使我们欲吃不能

或者她们处于一种
不生不熟的状态

一炉的炭火
掌握在我们的手中
不是太热就是太冷

一炉的炭火
是我们的爱
那段不长的青春日子
我们要让它慢慢燃烧

池塘

瞧，这池边杨柳
在不同季节
于风中轻轻摇动
就像你纤纤腰肢
就像缓缓的钟摆
不断地轻摇着
时间的乐曲

一棵树倒挂于
秋天的明镜里
它挤出的颜料
就是我生命的亮色

你的爱使我比
池水流得更远
就像白鸽的翅膀
在天空飘成一片云朵

悠扬的歌声
唱响了，此时我洞见
你瞳孔里的画
一抹蔚蓝

梦游

世事繁杂
我患上了梦游症

夜晚在大街上游荡
沿途向多位女人示爱

有时是下意识地
有时在梦里

一群女人之间
我总是分不清
哪张是我恋人的面孔

一对雪人
昨夜恋爱
今晨即要融化

过去的恋人

过去的恋人
早已相忘
江湖辽远

那天我从她的小屋路过
看见一件晾晒的连衣裙
依然保持着
她玄妙的人形
就像一只蝉
刚刚蜕下的蝉衣

或许仅是幻觉
一出皮影戏
肉体被掏空后的唏嘘
情感盛宴散尽后的
残余物　或遗址

我只是前来凭吊

邂逅

凭吊那只蝉
在寂静的夏日夜晚
吸吮我生命汁液时
她的歌唱

河

河的历程
自上而下

河是一群多情的女子
她们的爱
是呈液态的
密密地抚平我们那些
坑坑洼洼的伤口

而我们的伤口
常常深陷如沟
她们的柔波注入
便是一帘
镶满珍珠的瀑布
这使我们履历
美丽壮观
极富传奇色彩

除遇

在无雨的日子
我常常这样想
这时我就是一条鱼
蹦跳在
干热的河岸上

树的变奏

夜很生动
那天你被春天拒绝
很伤心地靠在
一棵树上哭泣
随后消失

大家都知道
你曾经历尽苦难
最后就这样死去
树是你的墓碑
你的墓碑
没写什么
但很香
年年鲜花如簇
并非别人所献

很多人打开你的墓碑
走进树里

他们走了很久很久
走过了长长的夏季
待他们走出时
都变成了果实
很香很甜

洗浴

你用一把钥匙
开启了一间心房
如春笋层层剥离
直达事物本真

浸泡在永恒的河流中
你不断洗涤自己
脸庞随着弥漫的水汽
缓慢上升

多少年过去
我时常想起
是谁给予了你
如此完美的品性和腰身
又是谁在不久以后
将它们悉数收回

岁月

岁月是儿时那把
木制的弹弓
将你曾经圆润光滑的脸
击打成一幅幅
泛黄褶皱的画页
常浮现童真的日子
在淡淡月色里
在蒙蒙黄昏中
七手八脚地嬉戏迷藏
纽扣脱落了
鞋子跑丢了
心情忐忑
像一只猫一样
蹑手蹑脚回家
而你那糖纸的甜味
脸颊上雪花膏的芳香味
至今仍浸润我心脾

海底的屋子

夜里无眠
天空降了下来
界线是海面
我有足够力量
在海底建造一间屋子

作为材料
寻找那些古老的沉船
苦难和爱的泪水
来自江河
有形　且有声
产生一种向上的浮力

波涛回响起
我沉重而有节奏的步点
倾尽全力
我跨出那间屋子　但我
不会浮出海面

除遍

我怕像乙醇一样蒸发
甚至未给你带来
一炷香的祝祷

父亲

清明
在给父亲上坟的路上
看见了父亲
行走过的
脚印

它走丢了一条
弯曲的腿
和一只
已生锈的脚

那是一把
散了架的
锄头

它曾经
不知疲倦地
为我们
刨食了一生

母亲

你唱歌
声音在外

你走路
道路倾斜

你打稻
谷粒飞走

你望春
春绕着身后

你是母亲啊
注定将一无所有

除了你给我们创造的
这个世界……

故乡的老宅

还记得那扇窗口
映照着那对流泪的
红烛　将我的身影
曳向铁轨延伸的远方
直到星月低垂
旷野上记忆的亮色
在夜的尽头消失

那时我还年少　有着
小鹿般强壮有力的
肌腱　一脚踏进
庭院前的嬉笑和追逐
仿佛要将潺潺溪流
远远抛离　但跟不上
蟋蟀鸣叫的节奏　它们
不知疲倦　夜晚也从不睡眠

老祖母步履蹒跚

跟不上她的孙子
那根"嘀嘀嘟嘟"的拐杖
只好在风中长久伫立
直到长成一棵大树

老宅在树荫的遮蔽下
渐渐入睡　静谧如斯
那对红烛　那根拐杖
往昔所有的泪水和欢笑
转瞬间化成了露珠和尘埃

与女儿娓娓道来

爸爸的童年
从你迈步的那天起
就开始播放录像
只是剪掉了
所有的不幸与悲哀

爸爸的背景
是一片贫瘠的山水
是生活的艰辛困苦
而你却在安静的环境
读书、谈笑，过早地
为一个男孩流泪伤心

爸爸在贫穷的日子里
活得强壮而坚韧
而你却因为营养过剩
瘦得弱不禁风

际遇

爸爸一生含辛茹苦
就为了做一把剪刀
剪去本属于你的那份不幸
却不能给予你一颗
勇敢而不屈的心灵

成绩单

到家了
女儿
回到房间
没吃晚饭
谁也不理
就寝的时间
我们在门外等
问她为什么伤心

她一声不出
慢慢
我们不问了

后来
她出来
对我们说：

"你们的成绩单
发下来了。"

第三辑

尘界·浮雕

浮雕

我看见一只手轻抚
墙壁上的琴弦，它发出的
声响　是墙壁的呼吸
是它思想发出的一声尖叫

他胡子的根须，被
身体内部的火焰烧光
从此它就不再长出
它长出的再也不叫胡子，叫草

而我在草的缝隙间生长
我倾听并且
歌唱

衣架

星空下
我睡死了，而另一个人
戴我的帽子
穿我的衣服
替我活着

他活得很好
干成了我想干
而没有干成的事情

他抖落掉我一身的赘肉
突显出陡峭的肩胛
正像我期待的那样

但他同样也有
不能逃避的宿命
让一颗钉子
将自己固定在那儿

在那儿，我睡醒的时候
我的眼睛
迟迟不想睁开
我知道
又该轮到我活了

椅子

我坐过的椅子
有一天会深深陷入
黑色的泥土中

不是因为爱的重量
不是因为恨的重量
也不是因为生命的重量

我坐过的椅子
它是木制的
它曾经是一棵树
我曾经是树上一个
荡秋千的小孩

我坐过的椅子
总有一天会
长在我的臀部
它终会使我
不能自由自在地
叩问鬼魂

城市梦

我曾在驼峰储存的
脂肪和水中
探寻沙漠存在的意义
箭杜鹃开放
我居住的房子被爆破、被摧毁
都只是一瞬间

整个夏天我都在回忆
还有什么没被取走
似乎还有部分生命留存
直到一幢幢高楼拔地而起
直到一群群蝴蝶
在新铺的草坪上翻飞

这座城市日新月异
一年等于几十年
我活不过它的变化
我所谈及的一切都是昨天

除遏

天空因事务而膨胀
我的雄心却因其繁重而收缩
最终被击打成一只
旋转的陀螺

没有诗没有酒
那就聊聊八卦吧
这曾经的贫瘠的快乐

我曾经被爱过被恨过
更多的是被遗忘过

我曾经睡在时间的桥洞下
让更多的人
踏着我的城市梦
涌入这座城市中

城市中的夜晚

昨夜我在山谷中的
一块化石上
坐了一晚
被化石点名
下一个

远方摩天楼射灯闪烁
发出五颜六色的光
肢解黑夜

疲倦趴伏在老树的枯枝上
它和月亮一样古老
它查看月亮罗盘的指针
指向我
归乡的路

它查看月亮的亏缺
人之向善何时

际遇

才能修达圆满

汽车的蜂群
向我呼啸着扑来
在我铺就的柏油路上
蜇痛了多少
不眠的惊魂

当清晨来临
我又被套进一只巨大的
生活的罩子里
被现实捆绑或
赊抵未来

头发颂

我歌颂我的头发

这深植于我肌肤的田野里
唯一能够生长的作物

它发轫于思想之根须
灌溉于睡梦中的忘川之水

就像芸芸众生
历经过韭菜一样
一茬又一茬被收割的磨难
仍能死又复生

它生长出千万条小小手臂
托举起我所有的荣誉和梦想

那些泛白夭折弃我而去者
正为我悲催的过往正名

我最亲密最忠实的
不离不弃的伙伴
纵使变成一簇簇春草
也要生长在我那
光秃秃的颅骨上

我的头

我知道我的头
已经很旧很旧了
并不妨碍我使用它
只要它没损坏
我就不打算更换

我的头被凿出了
七个孔眼
用来感知这
冷暖不定的世界

我的头是一只盛满
思想和情感的容器
有多少欢乐
就有多少泪水

我的头是我的
伸出去的愤怒的拳头

除遍

为了真理
也为了自由

我的头会越来越旧
最后变成一颗石头
上面长满了青苔

没有帽子给它加冕
甚至连纸做的都没有

狼烟

风吹了亿万年
仍没有吹息乱世纷争
却洞穿了我的肌肤

雨下了亿万载
仍没有填平人间沟壑
却吞噬了我的血肉

如果我仍然活着
我将以骨头做引
为这个动荡不已的世界
点燃起最后一缕狼烟

观画

误入此画
缘于我的一次足疾
和负重蹒跚而上
载我赴约的一头瘦驴

画面泛黄
像是一件被人
丢弃的旧衣服

天将寒时
我将手插进一只
一千年前的口袋里

一只冰冷的口袋
让我触摸到的肌肤
却又如此年轻

多少次陷入这
无边的空旷里

多少次聆听归雁声
为我指点迷津

我将一张苍白的脸
悬挂在秋天的明镜上

机器人

我买了一款 AI 机器人

它从极寒的北方来
却适应南方湿热的气候

我让它绘一幅我的肖像
它却绘了一个真人
具有我的大脑和肉身
它对他说："尊贵的主人，
有什么事请吩咐。"

如果他能替代我永生
是否意味着我已经死亡

如果他能替代我死亡
活着是多么无趣和冗长

镜子

一本书倒过来读是有益的
孤寂的独眼猫头鹰
找到了她的另一只眼
找到了她不断啼唤着的
掩埋在记忆里的身体的另一半
风从静止的一面吹是有益的
一朵血红的菊花迎风开放
无根无系的菊花
无土栽培的菊花
开放于我们对自己另一张脸面
猛烈的痛击
开放于时间之拳
对我们梦呓之脸面的
猛烈痛击
生活的锋刃已经磨钝
却足以割断我们手臂上的脉管

晚餐

蟋蟀在房屋的一角鸣叫

桌椅落下了残疾

拐杖丢了

灯光没有倚靠

梦游者依然

神态恍惚　果实

半开半合　沙碛在

一张摊开的报纸上

逃避风暴　鸟在心灵中

找到栖息之所

泥鳅钻进更深的泥土里

牙与口琴

一把口琴之于牙
是一种比噬咬东西
更深刻的用法

琴声与肉体相连
它发自内心
它带来的快乐
渗入牙龈
就像树根一样

在最寒冷的季节
你的牙齿打战
是它们最先暴露了
你的怯懦

而当你咬牙切齿
又令最凶狠的兽
胆寒

除遇

与狼牙迥异
我们的牙
总能够把痛苦
咀嚼成音乐

自省

此生我讲了太多话
废话套话多
真话实话少

此生我读了太多圣贤书
我所做的
总是与之背向而行

此生我经历了太多人和事
能够牢记的
都让我痛悔

此生我取得的成功
都建立在沙碛上
而失败却坚若磐石

作为单数我只身孤影
作为复数我缺少

陪伴和跟随

此生我浪迹于茫茫人世间
过不了多久
就会寂然无痕

夏日在海边

昨夜我梦见自己
变成一只海螺
收拢了大海的波涛
却没人愿意听我

清晨我在海边散步
看见一群孩子
在沙滩上玩耍
他们踢球奔跑的劲儿
一如我当年

我离海近了
波涛却离我更远

城堡

战时人们
退缩进城堡里
在暗处
很轻易对明处之敌
进行猎杀

或在身体上涂抹
让自己拥有
黑人兄弟的肤色
以便花更少的代价
贿赂死神

当胜利降临那刻
人们欢呼雀跃
急着赶回家园

那些被截掉的残肢
仍在荒野中攀爬行走
不能回家是因为
没有国籍和姓名

雪地音乐

历史是一场
催人白头的雪
雪地上
你赤着脚
把寒冷踩成一排排
银白色的琴键

雪地音乐
该是很温暖
雪地开始融化
每一只脚印
都长成了鞋
在春暖花开的时候
很多人都试着穿它

他们穿上它
使每一条道路
都长满音乐

回归

乘一朵乌黑的云
我回家
我的家流动在
芬芳碧绿的草原

初降草原
我才发现
我的双腿
已灌满黄金

只有熔化它
才能追上
远方的父母和羊群

花灯

阳台上花灭了
花曾是一盏灯

在隆冬季节
所有的花灯
都已经熄灭
这时候
我闭上了眼睛

因此我不知道
光彩照人的花灯
——熄灭时的惨状

这使我在春天
再次睁开眼睛时
不是变成瞎子
就是变成色盲

愿望

死亡之大限临近
头顶上响起天堂的钟声

月夜温柔
伸出一万只矫情的手臂
将我紧紧缠绕

鸟儿鸣啭着
斜栖在我的肩头
悲怮不已

一切皆出于习惯
我要做的不过是
一件普普通通的事

旧我将要死去
并不值得哀悼
值得哀悼的是
新我尚未出生

清明

这儿有一扇门

年年此时　通过它

我叩访我的邻居

他们不仅赤身裸体

还会蜕去皮肤和血肉

而在更早一些时间

即便你爱之入骨

由表及里　也难以观察得

如此具体深刻

他们的手也曾细嫩如春

除了泥土、野草的根须

还有些事物　譬如爱情那

微笑甜美的酒杯　譬如秋天那

灿灿生辉的果实

未及抓紧就阒然放开

他们的果敢让人敬畏

丝毫不像我们对眼前事物

总是抓得越牢越好

却时常忘记抓另一些
更重要的东西
面对他们的询问
我们难以启齿
明天戏剧就要上演了
想借一具他们的骨架
不知能否原样归还

题一幅壁画

他们不是贴在墙壁上的
因此也就不可能脱落

但他们仍默默地
站在草丛中沐浴风雨

夏日常春藤的攀援
冬天里和煦的阳光

虽然是大理石造的　但脱离了
大理石的分量　就不再沉重

多么轻盈　向尘世飞升
奕奕的神采　令我们晕眩

像风铃　摇响时间的琴弦
令我们安息　或者骚动

在汗水涔涔的劳作下
感受理想淡淡的光辉

墓园里的椅子

躺在这张椅子上
静谧的思想有如尸布一样铺开

静谧中有一个女孩
在我的躯体上放一只纸鸢

她给我灵魂以翅膀
就像一只鸟牵引天空

秋风萧瑟，看肢体是
如何与树叶一道腐烂

没有了手，果实就不再被掠夺
没有了腿，道路就不再被扭曲

没有头颅，就没有了
正义被压抑时的啜泣

没有了如簧的巧舌
就没有了城市的喧嚣

真理这时总像鳞片一样
在夜幕下忽闪忽闪

陈遇

冬天的手

我的手在冬天
十分红润

它是一只门把
它使我成为一扇门
通过我
如果你愿意
你就可以从此走向永生
抑或死亡

在冬天
握住一只手
你感到异常温暖
但有时却会感到
更加寒冷

其实在冬天
你很难握住谁的手

它们都揣进裤兜里
为了同一个
害怕挨冻的理由

地铁

我每天在固定时间
搭乘这趟地铁
并不意味着
我信任它
我希望坐得更远
它却经常将我中途抛下
如同抛下一只包裹

每到一个站点
都会有新人上来
如同一堆木头
相互压榨着、挤压着
对方的存在

我对着一面窗
看见了一张完美的面孔
是我亦非我
镜像渐渐模糊
他亦渐渐离我远去

但我仍记得
他坐在一辆破旧的
南下列车上
那时他怀抱远大理想
那时他正年轻

时光

春天来临
适宜怀孕之季
蒲公英把她的种子
撒向漫山遍野

我们的爱
不太走运
它被撒在了背阴之地
那儿也播种恨

风是缄默的信使
驱使我
追随月亮流浪

日渐沉重的双腿
被夜的蝉衣裹挟
每一次梦醒
都是一块破碎的月色

坠落不可避免
我仍努力在自己认定的
路上走下去
即便这条路已是穷途

秋收

走进回忆
日子总在禾桶上澎澎打打
灵魂疼痛
透视在收割后的水田
十分清晰

时值深秋　桂子花香
金黄的稻穗已经成熟
稻浪层层　在镰刀下仆倒
它们接触镰刀时的感觉
如同我的双腿
感知于大地的锯齿

生活在同一块稻田
我和水稻步调齐整
一同从青翠走向成熟
又一同被岁月割刈
这使我们相爱始终

从稻田的一端向另一端
眺望　看似不远
然而我们拄着稻穗
拄着报答土地的愿望
跋涉了一生

收获南瓜

南瓜吊在蝉声挤满的树上
摘在我秋天的双手

昨夜我听见寒霜初降
一阵战栗，使我想起了什么

捧住南瓜，就是捧住了一颗
成熟的头颅

整个夏天，我都在
骄阳如火的田野中寻找

一根结实的藤，自始至终
给我青翠的思想
不断输送养料

海上观日出

我看见太阳
扯开了它的风帆
开始启航

我看见波浪的
千万根舌头
吞食黑暗

我看见光
如何诞生
如何成长和壮大
直至我什么也看不见

死后的记忆

活到米寿 ①
向来被当作是
上苍对人类的褒奖
为此我准备了
致谢的谀辞
然而我也知道
我做过的贡献
不足以让我活得如此之久
这是极小概率的事
我不必为此操心

检点平生我没做过
惊天动地的好事
即使做过也只是一点点
也没做过人神共愤的坏事
只和个别朋友有过小小的纠葛
从这两方面来看
我死后都不会有人

---

① 米寿，即88岁。

长久地记住我

如果死后有灵魂
我的灵魂不久后就得到
被彻底遗忘的抚慰
将不会再有人打扰
它游荡于茫茫宇宙中
如果惧怕孤独
就将会再死一次

空气

不应该打开窗户
给空气
透透气吗？

和人一样
它们需要呼吸
需要与其他空气
交流碰撞
互换能量

如同阳光
我们沐浴在空气里

或许过不了多久
它们就被压缩进
一只密封的罐子里
和瓶装矿泉水一起售卖

葫芦

在这个秋天
我喜欢上了一只葫芦
其他的我也喜欢
喜欢这只有点多

这只造型最完美
天鹅般的脖颈颀长弯曲
细若凝脂般的肌肤
吹弹可破

秋渐渐深了
伙伴们都已被采摘
只剩下这只还孤零零地
吊在葫芦架上
供人鉴赏
让人生怜

考古学家说

除遇

木乃伊在制作之前
都是最完美的
我深以为然

第四辑

物界·落霞

碑

指引河流
山的脉络是清晰的
它不妨碍你
向一朵云攀登，仿佛渴意

你的额头是一块岩石
是唯一可以固定下来的
生命

桥

急欲倾诉我心中
涌起的一条大河
不似这般枯涸
也不似这般宁静

铺设桥的意义
是为给灵魂摆渡
将死的躯体运往生的彼岸

人生不可逆
流水亦如此
而桥却可以推倒重来
无论溃败还是凯旋

在桥的下面
无数朵浪花中间
总会有几朵
有着和我过去
一模一样的面孔

我所有的微笑和哭泣
在桥的下面
都有回声

星

小时候
我经常仰望星空
数星星
稍大点就知道星星
是数不完的
如沙漠的沙粒
大海的水滴

现在我才明白
无论是星星是沙粒还是水滴
都是可以穷尽的

我们称之为永恒的东西
是如此之少
只有时间

只有时间告诉我
在我的前路

有无数个更老的
我的躯壳在等着我
我一路穿戴着它们
彳亍前行

流星

生命是短暂的
你是一根火柴
黑夜便是磷片，不要怨艾
终因撞击它，你才会发出
如此炫目的光芒

北风

北风给封死了
开始刮南风
路给封死的
你不能倒着回去
脚趾从鞋里
露出龟头
十只小乌龟
朝十个方向爬
你想抓，但抓不住
他们由下向上
将你的肢体
一点点撕裂

一朵云

在天空我追逐一朵云
请求这构成天空之
灵魂之物
赐我一具轻盈的肉身

让我过着
闲云野鹤般的生活
无论世事如何变幻
内心都安宁平静

让我和过去那些
称之为敌人的人
彼此宽恕怜悯

在我的人生里
再没有了虚妄
蜡烛不能成为蜡笔
胡萝卜也不能成为绘制
画图的工具

我再也不会
胡乱涂抹这个世界
它会因此变得更加美好

雨

雨落的时候
树的表情
十分忧郁
它们选着鸟巢
选着一只只
飞翔的希望
既不能飞又不能走
根的意识在东方
深入骨髓

其实在暴雨天
躲在树下
我同样不能飞
又不能走
但我却乐呵呵的
我知道很多人
在空中飞来飞去
他们把自己装进了
不属于自己的躯壳

秋雨

秋天到了
雨还在下
丝毫没有
停歇的意思

它敲击窗棂的声音
就像敲击琴键
声音喁唧重复
是怎样拙笨的手指
才能弹奏出
如此曲调

我也曾歌唱过秋雨
那时五谷丰登
硕果累累
日子过得像一只只南瓜
肥美浑圆

除遍

如今我两手空空
走过了太多太远的路
除了干瘪的行囊和
枯瘦的诗句
我已没有任何东西
填满秋天的谷仓

雪飘落

我已经准备好
将自己的身体清空
用来安置这
无边的寂静

太阳沉落在
初冬的寒意里
它压低了黄昏的嘴唇
在田野里与一个
稻草人谈话

此时我的思想是一顶
没有头颅的旧帽子
寂然无声却储满了
无处逃遁的鸟鸣

它听见河流这
大地的脉搏

除遮

在跳动

它在跳动
却又如此轻

雪落的时辰

一场雪覆盖了
过去的一切
宫殿和墓地
全都来路不明
流浪者不必为
过多的歧路感到耻辱
英雄们失去了
往日的骄矜与辉煌

人的一生
总会有几场雪
把既往的路
一夜间抹去

雪落的时辰
无论在家里
还是在野外
你都会听见我们
把自己的双脚
磨砺得霍霍有声

落霞

云游天空
浸蘸夕阳如血泼洒
握住云的
是谁之手？

纯净的天空下
我们卑微而知足地活着
像蒿草
影子照不到
比屋檐更高大的地方

低下头，默默割
感受手的抚摸
一阵激动过后
我们已遍体鳞伤

黎明之前

黎明之前
是黑暗
有几种黑暗
让我们彻夜难眠？

人生沉浮
如玩蹦极
不是弹起
就是坠落
为什么更多的人
选择坠落？

月亮被咬残缺了
为什么我们的另一边脸
不能见光？

当鱼一旦游进
人类所不能抵达的

除遇

道德水域
为什么法官说它一定有
诈捐的嫌疑？

如果我们爱过
我们就会继续再爱
即便不是同一个人

森林里的鱼

我从森林里
捉到一条鱼
因此肺拥有
树叶的呼吸
气泡冒出
像松果掉在地上
没有声音
我捏紧手中的时间
挤出水来
一滴一滴

鱼

我从一本书里读到
鱼是人类最早的祖先

鱼的眼睛
遗传给我们
教我们如何
观察世界

鱼的双鳍
划过的浩瀚水域
承载着我们过往
无尽的苍茫

鱼的记忆
只有七秒
他们遗忘的哀乐
都由我们承继

鱼的子孙繁衍不绝
远古滔天的洪水
尚未退却

鸟巢

一棵树
果实落了
留下最后一颗
——鸟巢

春风吹过
所有的枝杈
都长出了绿色的羽毛
一只飞翔的大鸟！

我们所能见到的
就像是一些永远也
不能离地的翼片
纷纷飘落

我捧着自己的大脑
自己的鸟巢
以此证明，我也
这样飞翔过

蛇

蛇最初对人类
非常亲密
那时夏娃还年轻
那时她赤身裸体

与蛇交往
夏娃变得聪明了
她对过去
感到很难为情
而蛇却被罚作
一根绳子

这个故事流传很广
我们穿衣服时
对蛇
总是肃然起敬

蝉

不知什么原因
在我们灵魂
碧绿的树干
总有那么一只蝉
千遍万遍
挥之不去
赶之不走

是的，她在唱
在寂静的夏日夜晚
她唱着，吸吮我们
灵魂的汁液

我们日渐消瘦
而蝉却
日渐肥胖

壁虎

投靠墙壁
终不能成为浮雕
悲恨之余
我只好和壁虎
交上了朋友

壁虎以超然的姿态
对房间里争斗的人
指指点点
用我的嘴巴和
我的手

当房间里的人
已经走光，我的嘴巴
还在说话，我的手
还在指指点点

而壁虎却已经沿着墙壁
爬得很高很高了

蝴蝶

当蝴蝶又一次
从你的手心飞走
你就再也无法将它
制成标本了
在更高的天空中
它又一次逃离了死亡

有一天，当一只巨手
把我们的生活打开
就像一把沉重的锤子
砸打着秋树的头颅
是否也会有众多的叶片
飞向天空
比之落叶更像
蝴蝶的翅膀在飞翔？

就像有些书页
始终飞翔在天上

我们阅读它时
始终都要高仰起自己
低垂的头颅

虎

当丛林日渐消失
虎亦日渐减少

虎变成犬
就是我们夹起尾巴做人

我们惧怕虎
便请来武松
这无异于引虎入室

虎的吼叫声
如一杯虎骨酒
使我们酩酊大醉

在摇摇晃晃的步态中
我们终于说出了
几句虎话

核桃

就好像一颗
智慧而成熟的头颅
卡在季节的门缝里
被鱼贯而入的人们
碾得粉碎

没有什么能
捧住他们
一颗星星破碎了
该怎样璀璨我们
那双瘦弱的手

春天到来
我吃核桃很专心
秋天降临
我则陷入冥想

智者啊，罹难的人

邂逅

当我从你们身边走过
可曾留意那扇门
是否还完好无损？

古城堡

眼睛里的风暴
从来都是平静的

如这一片断壁残垣
告诉我们
时间摧毁了一切

又如那一望无际的平沙
什么也没有发生

帆

一群蝴蝶
翻飞在水天之间
飞翔的力量
在秋日的浩渺里
哗哗作响

风中匆匆开合的
书页　让过往的人们
来不及细读
也来不及细想　就把自己
带向漂泊

一张网　在海天间
捕捉候鸟的智慧
它们赖以生存的
对季节和风的警觉
和与生俱来
对既定方向所保持的
永远忠贞

飞蛾　在落霞
熠熠生辉的鳞片里
张开了翅膀

这一刻　你是否也感受到
生命扑向火焰
渐渐化成灰烬时
那燃烧的灼痛？

城

一

风的运动
使窗帷变弯
通往成功的路变弯
我的形体与灵魂变弯
就像冬天的树苗一样

二

雪刷不白
春风染不绿
不是因为房子太多

夜的胃袋
不能消化的硬核
不是因为灯盏太多

三

放到海上
城　　就是一座岛屿
涨潮时　我们守不住它

涨潮时　我们就像
玻璃杯一样倾斜
我们生命的汁液
总被另一些人拿来畅饮

公共汽车站

我从来不把没有班车
没有乘客的房子
当作公共汽车站
然而此间房子例外
我打小就熟悉它
多少次从这里出发
到外面的世界闯荡
多少次又回到这里
如倦鸟归巢

如今通向这里的路
早已残破不堪
长满了荆棘和杂草
再也没有路边
卖糖葫芦的小店
再也没有从哪儿来
到哪儿去的标识
我行过万里路的悲欢
都埋在了它的记忆里

如今它站在这里
睁着一双硕大的
空洞无神的眼睛
默默守望着它的班车
守望着它的乘客
如同一个被遗弃在
乡野的孤寡老人
默默站在村头路口
守望着他的儿孙们

风筝

多么幸运的事
在和天空的抢夺中
我胜出了

当它挣脱了天空的绑架
向地面滑行的时候
突然像一枚失事的火箭
一头栽了下来

我忘记了
它只是一只风筝
它没有翅膀
它不是鹰

忙碌的一天

清晨我被我的狗
引导到森林旁的一块荒地
它想让我确认
那地块由它领属

它不知道那地块
昨天已被售卖
我解释了很久
它依然不停地
抬腿撒尿做标识

我牵它回家的时候
它很沮丧
并不理解

我理解是因为
类似的事情
我已做过太多

暗夜

夜幕降临
所有的人和物件
都和时间一样
瘫软了下来

我坐在公园的椅子上
打着盹
眼皮不听话地耷拉着
周围并没有灯
即使有也不可能照得更远

夜的黑给这个世界
带来了更大的未知和
更深的恐惧

暗夜里我听见有人
从我身旁匆匆走过
没有丝毫停顿

不是先知
也不是探索者
他是一个盲人

后 记

自我 1986 年开始尝试写诗，至今已近四十年了。在这悠长的岁月里，虽然累计写作时间仅十年左右，诗作也不多，但读诗写诗让我精神富足，超然物外，这是诗歌给予我的最大馈赠。

2024 年年中搬家，偶然在一本样刊上读到我二十年前的几首旧作，有了感触，这些凝聚着我过去情感和生命认知的诗句，唤醒了我部分青春记忆。退休后有了充足时间，于是产生了将旧作搜集起来结集出版的想法。为此，我又开始了写作，比之过去，心态平和放松了许多，也放下了某些执念，无论好还是不好，也算是对我这么多年诗歌创作的一个总结。

由于手头没有留存底稿，已发表过的也星散于各种刊物中，我只得上图书馆在相关杂志上翻阅查找。经过一个多月的努力，共搜集整理出了七十余首，加上 2024 年新创作的五十余首，终于凑成此集。感谢深圳出版社的编辑老师，没有他们的鼓励和督促，我写不出这么多新作，仅凭搜集到的旧作是不足以结集出版的。

我特别要感谢海上先生，他拖着病躯，在三伏天挥汗读我的拙作，为我写序，并题写书名。

董权

2024 年 12 月 7 日于深圳